Milton Keynes UK
Ingram Content Group UK Ltd.
UKHW050008180824
447081UK00008B/69

Las Aventuras De River Y Su Whoobie

English Version Inside

Sharon Russell-Robinson
Ilustrado por Kamela Begum

Copyright © 2023 by Sharon Russell-Robinson

Published by Sharon Russell-Robinson in Partnership with Bold Publishing (https://denisenicholson.com/bold-publishing)

Book Design by Opeyemi Ikuborije

Illustrated by Kamelabegum@book_maker77

Publisher's Note:

Without limiting the rights under copyright reserved above, no part of this publication may be reproduced, stored in or introduced into a retrieval system, or transmitted, in any form, or by any means (electronic, mechanical, photocopying, recording, or otherwise), without the prior written permission of both the copyright owner and the publisher of the book.

Manufactured in the United States of America

ISBN: 979-8-9897666-0-4

Library of Congress Control Number: 2024901704

Follow Sharon Russell-Robinson

Social Media Outlets:

Facebook: Yolandaverse, LLC

Instagram: yolandaverse01

Email: yolandaverse@outlook.com

Dedicación

Yo dedico este libro a mis hijos y nietos quienes son la luz de mi vida. Sin ellos, no hubiese logrado completar la misión de convertirme en autora de un libro infantil. Nuestra familia utiliza como motivación una cita del autor T. Harv Eker: "De la manera como se hace cada cosa, es como se hace todo." Diariamente yo recapacito y me doy cuenta de que la imaginación es definitivamente la forma más verdadera del realismo, y tener la una sin la otra, en mi opinión, es tener un sueño simple. Yo ya no tengo más sueños simples porque mi familia me ayudó a convencerme que yo podía cumplir con este sueño que ahora se ha convertido en una realidad.

Reconocimientos

Yo quiero hacer reconocimiento de mi mejor amigo y amor de mi vida, mi esposo y alma gemela Wardell Robinson, quien ha fomentado todas mis locuras. Además de mi mini-persona, mi hija Dakota Chayanne Robinson. Quien sirvió como inspiración a las ideas y personajes en este libro. Una mujer increíble a la que admiro. Su fortaleza sirve de inspiración y no se puede medir. ¡Inclusive en momentos invadidos de problemas de salud e inseguridades, ella ha logrado salir adelante!

A mi hijo Deldravin T. Robinson, quien fue mi pequeño caballero de gran corazón. El que me hizo madre por primera vez y me entregó su amor incondicional y su apoyo. El que es un hombre increíble y del cual estoy más orgullosa que nunca cada día. Su paciencia ha servido siempre para ayudarme a conservar la calma.

A mi madre quería, Joyce Lucille Russell Williams, quien me enseñó a ser desprendida y como ser una heroína en la batalla. Gracias. A pesar de haber sido una madre soltera, nos dio a todos sus hijos todo lo que necesitábamos para ser grandes: Su amor.

Quiero también recordar mis ya fallecidos abuelos, Reverendo Jesse James Russel y Erma Avenue Hayes Russell. Sin su guía y lecciones de vida, yo no me habría formado en la persona que soy hoy en día.

Un agradecimiento inmenso a mi buena amiga y autora Shirley Bown-Danzy, quien me inspiró a tomar las riendas y entregar mi libro al mundo.

Por último, pero no menos, mi entrenadora Dr. Denise Nicholson, quien me dio justo con muchos otros las herramientas necesarias para sacar este libro de mi cabeza y ponerlo en papel y en las manos de otros. Yo sólo espero que este libro sirva como inspiración, para animar y apoyar a los niños pequeños alrededor del mundo durante las dificultades en sus vidas.

Con gran aprecio para todos.

Esta historia es a cerca de una pequeña niña llamada River, quien es tímida y temerosa del gran, gran mundo.

Ella tiene un amigo muy especial llamado Whoobie, quien está con ella siempre todos los días durante sus muchas aventuras.

Cuando River era una bebé pequeña, su abuela le obsequió algo especial. Esto era suave y esponjoso y hasta tenía una dulce fragancia como de rosa, justo como su madre.

¿Puedes adivinar qué le dio su abuela?

¿Puedes adivinar qué es Whoobie?

Cuando River llora y se recuesta a tomar una siesta, su amigo especial Whoobie está con ella.

¡Oh, Dios mío! ¿Puedes ver a Whoobie?

Mientras River crece, gatea y se pone de pie, algunas veces ella tiene miedo de caer. Whoobie está justo ahí con ella, para animarla a seguir adelante.

Puedes encontrar a Whoobie?

Cuando River juega con sus juguetes, Whoobie está justo ahí con ella, jugando también. A River y a Whoobie les encanta jugar a los escondites con su hermano mayor.

¿En dónde están River y Whoobie?

River le tiene miedo a salir fuera al gran, gran mundo de montar en el vagón, pero Whoobie siempre está con ella. ¡Ellos son mejores amigos!

River and Whoobie hacen todo juntos.

Ellos juegan juntos.

Ellos miran la televisión juntos.

Ellos hasta comen justos.

¿Puedes ver a Whoobie?

¿Cómo es tu Whoobie?

Cuando mami se va a trabajar, River se entristece y tiene miedo, pero Whoobie está siempre con ella en casa de la abuela para ayudarla a permanecer en calma hasta que mami regrese.

Cuando mamá regresa, Whoobie está con ell a para celebrar.

River and Whoobie son mejores amigos porque Whoobie le recuerda a River los tiernos abrazos y los besos de su madre.

Yo me pregunto, ¿tienes tú un mejor amigo como Whoobie? ¡Yo te apuesto que sí lo tienes!

¿Sabes tú qué es el Whoobie de River?

Vamos a decirlo en voz alta... es... ¡Una almohada tonta! Pero no simplemente cualquier almohada.

Pistas del autor para que ayuden a manejar las inseguridades de sus hijos

- Sí usted nota que su hijo o hija tiene miedo y ansiedad, trate de darle seguridad de la conexión entre usted y él o ella, con sonrisas y abrazos.

- Hágale saber a su hijo o hija, que sí él o ella no logran tener éxito la primera vez, está bien intentarlo 100 veces más si en necesario. Hágale saber a su hijo o hija que usted siempre estará allí para apoyarlo o apoyarla.

- Dele aliento; no sólo por los logros sino también por los mejores esfuerzos.

- Enséñele a su hijo o hija que nadie es perfecto.

- Anime a su hijo o hija, hay más grandeza en él o ella y siempre se debe trabajar por sí mismo o misma para brillar alcanzando las metas.

- Déjele sabe que no todos pueden llegar a ser estrellas de la NBA, o seleccionado de la NFL, o la próxima estrella mundial del tenis, pero siempre se debe trabajar en ser la mejor persona.

- Recuerde darle cumplidos a su hijo o hija.

- Asegúrese que usted como el padre o la madre esté conectado en la línea de apoyo. Trate de pensar en un momento que necesito consuelo en su vida y recuerde los sentimientos y emociones para poder simpatizar con los de su hijo o hija.

- Haga una lista con su hijo o hija de por lo menos tres cosas para las que ustedes dos son buenos.

- ¡Está bien disfrutar de historias de hacer creer! Utilice sus canciones favoritas como consuelo, las películas, o los libros para escaparse de la realidad por un poco tiempo.

- Sonría, inclusive cuando usted cree que su hijo o hija no lo o la está viendo. Ría frecuentemente con su hijo o hija. Inclusive en los momentos difíciles.

Biografía

Sharon Russell-Robinson nació y creció en el pequeño pueblo agrícola de Tchula, Mississippi, que forma parte del Delta de Mississippi y la capital del Blues del Mundo. Obtuvo su licenciatura en Comunicación Masiva/Publicidad y Diseño Gráfico de la Universidad de Jackson State en Jackson, Mississippi.

Trabajó en su campo de estudio exactamente un año, pero posteriormente descubrió su verdadera vocación y ha trabajado en Recursos Humanos durante 25 años. A Sharon le encanta cada parte del aspecto "humano" de interactuar con la gente y la familia. Mientras veía crecer a su hija, comenzó a pensar en escribir su primer libro infantil hace más de 20 años. Su hija le inspiró la idea debido a cómo navegó a través de sus inseguridades, pruebas y aflicciones desde la infancia hasta la edad adulta.

Ahora, con los títulos de Profesional de Recursos Humanos y, lo más importante, madre y abuela, y viviendo cada momento lleno de diversión del viaje diario de la vida, siente que es el momento de compartir su perspectiva con el mundo. Cuando no está escribiendo y pasando tiempo con su esposo, hijos y nietos durante sus muchas aventuras, disfruta de las artes marciales, las compras de antigüedades, paseos por el barrio (muy lentos), películas y viajes a lugares hermosos de todo el mundo.

Biography

Sharon Russell-Robinson was born and reared in the small farming town of Tchula, Mississippi, which is part of the Mississippi Delta and Blues capital of the World. She received her B.S. Degree in Mass Communications/ Advertising & Graphic Design from Jackson State University in Jackson, Mississippi.

She worked in her field of study for exactly one year but subsequently found her true calling and has worked in Human Resources for 25 years.

Sharon loves every bit of the "human" aspect of interacting with folk and family. She began thinking about writing her debut children's book over 20 years ago as she watched her daughter grow. Her daughter inspired the idea, because of how she navigated through her insecurities, trials, and tribulations from childhood through to adulthood.

Now, with the titles of Human Resources Professional, and most importantly, mother and grandmother under her belt and living every fun-filled moment of the daily journey, she feels it is time to share her perspective with the world. When she is not writing and spending time with her husband, children, and grandchildren during their many adventures, she enjoys martial arts, antique shopping, "mud riding" (very slowly), movies, and traveling to beautiful places all over the world.

If you want to learn more about useful tools to help children navigate their anxieties, insecurities and fears utilizing their imagination, contact Sharon Russell Robinson at Yolandaverse@outlook.com

Author's Tips for Parents to Help Kids Navigate Insecurities

- If you notice that your child is fearful or anxious, try to reassure him/her of your unique connection, with smiles and hugs.

- Let the child know that if, at first, he/she doesn't succeed, it's ok to try 100 more times if needed. Tell your child that you always will be right there for him/her.

- Give the old "attaboy"; not only for what they accomplish but even their best efforts.

- Teach your child that no one is perfect.

- Encourage your child to know that there is greatness within him/her and he/she should always work on himself/herself to let his/her greatness shine.

- Let him or her know that, not everyone is going to be an NBA superstar, an NFL draft pick, or the next great tennis star, but always work on being his/her best.

- Remember to compliment your child.

- Make sure that you, as the parent, get in tune with your line of support. Try to think of a comforting moment in your life and remember that feeling; have empathy for your child.

- Make a list with your child of at least three things you are both grateful for.

- It is ok to enjoy make-believe! Use your favorite comfort song, movie, or book to escape reality for a bit.

- Smile, even when you think your child is not looking. Laugh often with your child, even when the moment may suggest otherwise.

- There is no shame in enlisting a professional if you feel it is needed. Remember the old adage, "It takes a village to raise a child"? That "village" and those "children" are you and your community.

It's WHOOBIE!

Let's say it out loud...it is... A PILLOW!
Silly! But not just any pillow.

Do you know what River's Whoobie is?

I wonder, do you have a best friend like Whoobie? I bet you do.

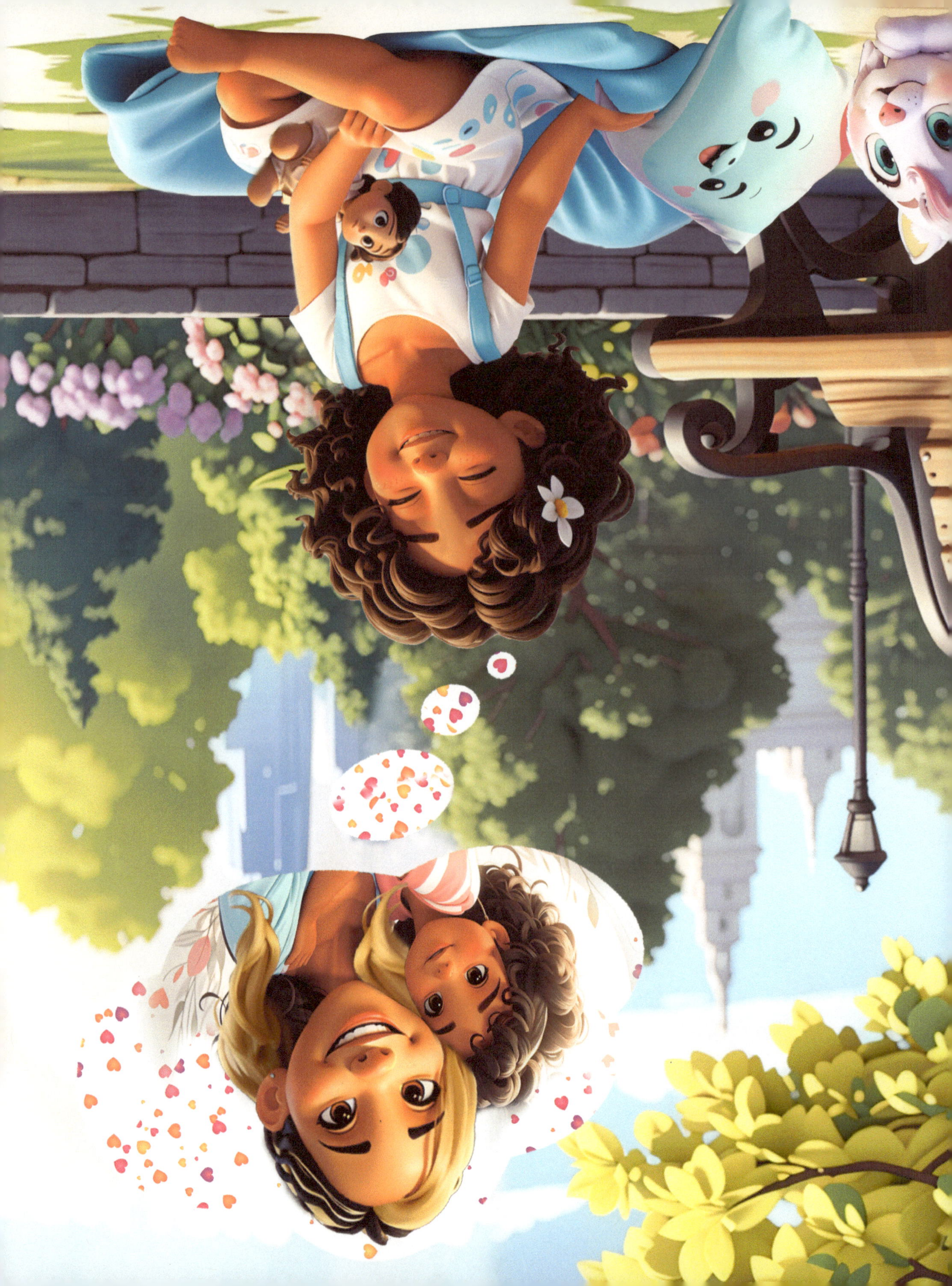

River and Whoobie are best friends because Whoobie reminds River of her mommy's soft hugs and kisses.

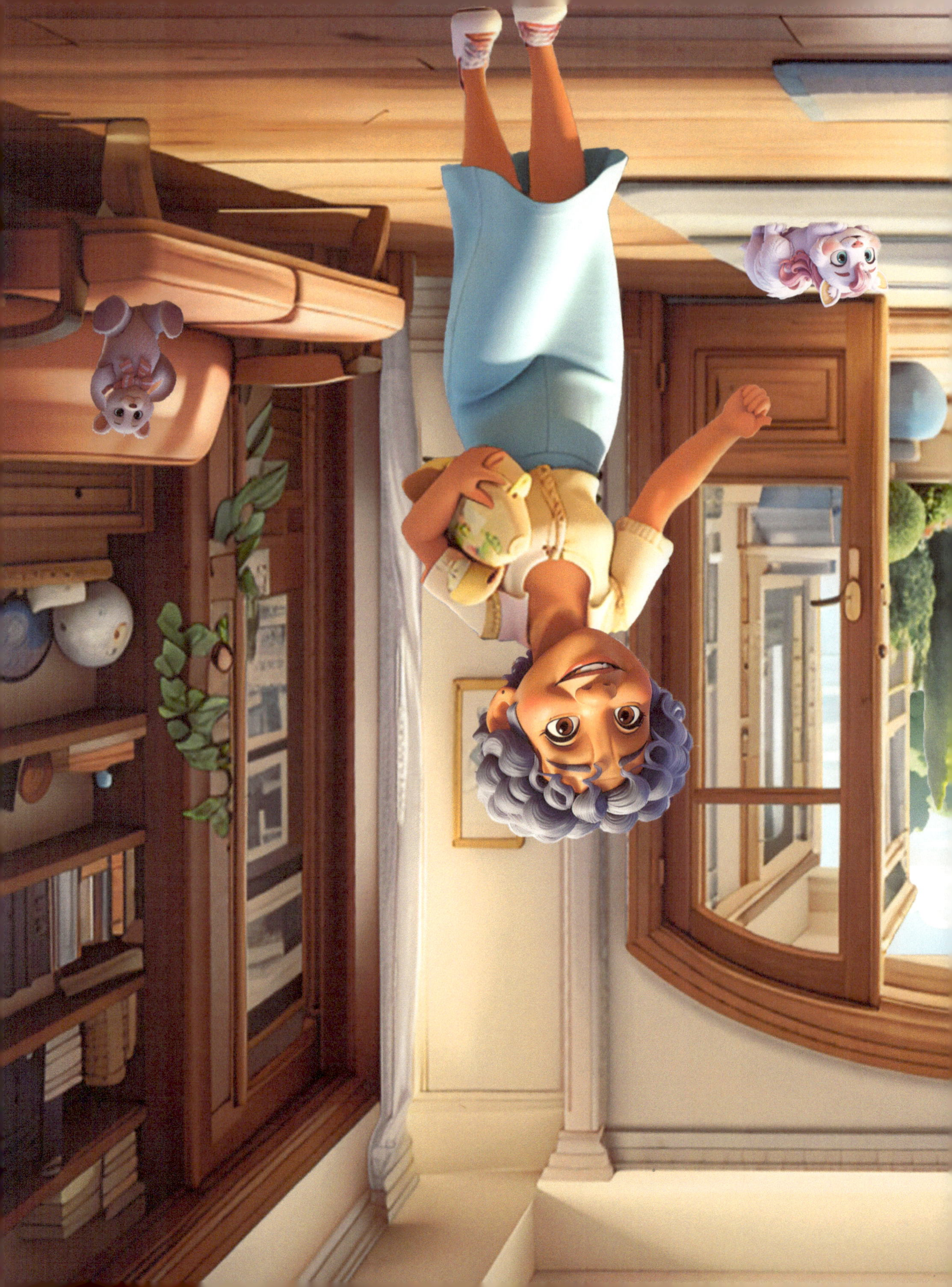

When Mommy returns, Whoobie is with her to celebrate.

Whenever Mommy goes away for work, River is sad and afraid, but Whoobie is always with her at Granny's house to help her stay calm until Mommy returns.

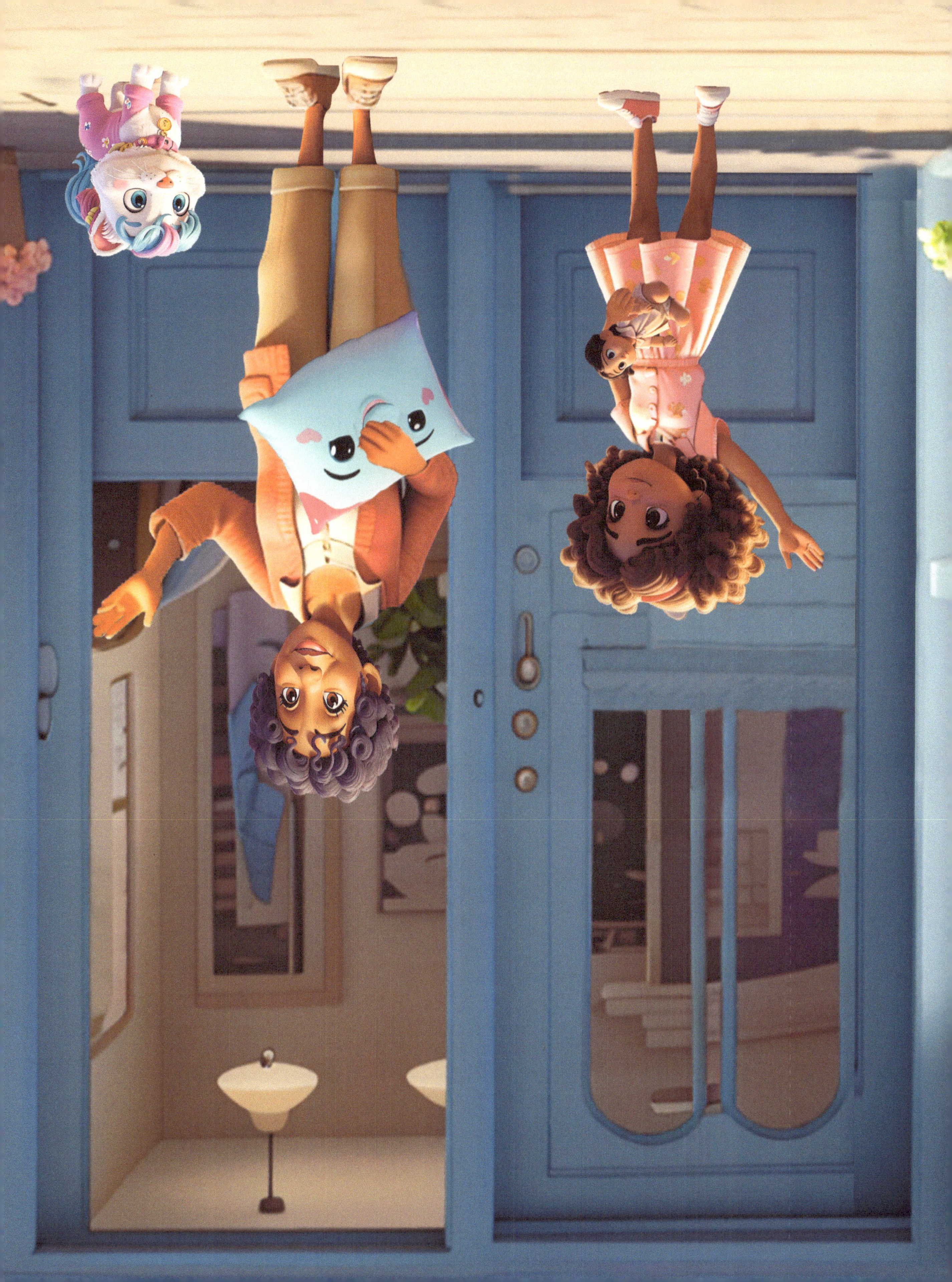

They play together.

They watch TV together.

They even eat together.

Do you see Whoobie?

What does your Whoobie look like?

River and Whoobie do everything together.

Can you spot Whoobie?

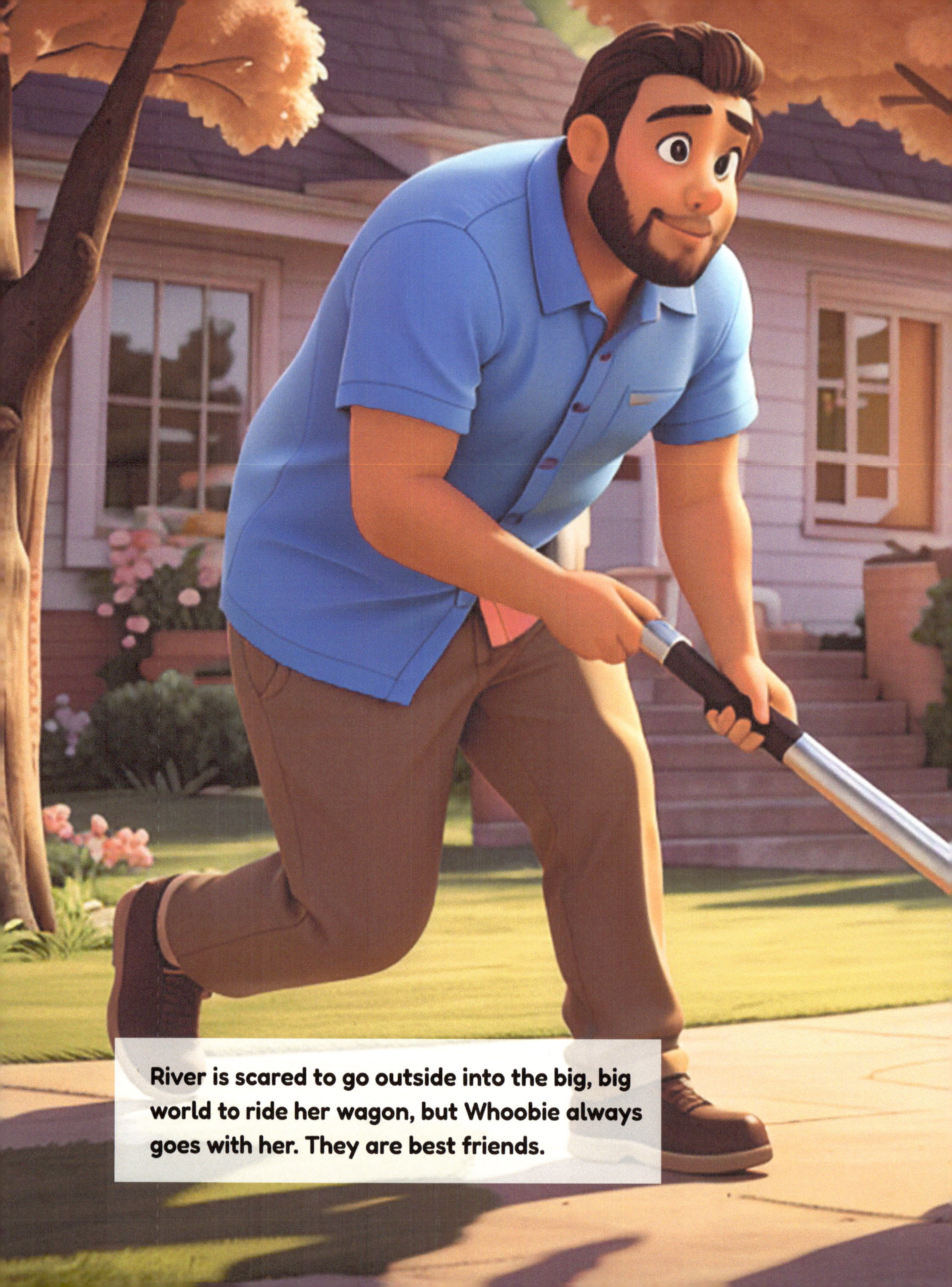

River is scared to go outside into the big, big world to ride her wagon, but Whoobie always goes with her. They are best friends.

Where are River and Whoobie?

When River plays with her toys, Whoobie is right there with her, playing too. River and Whoobie love to play hide and seek with her big brother.

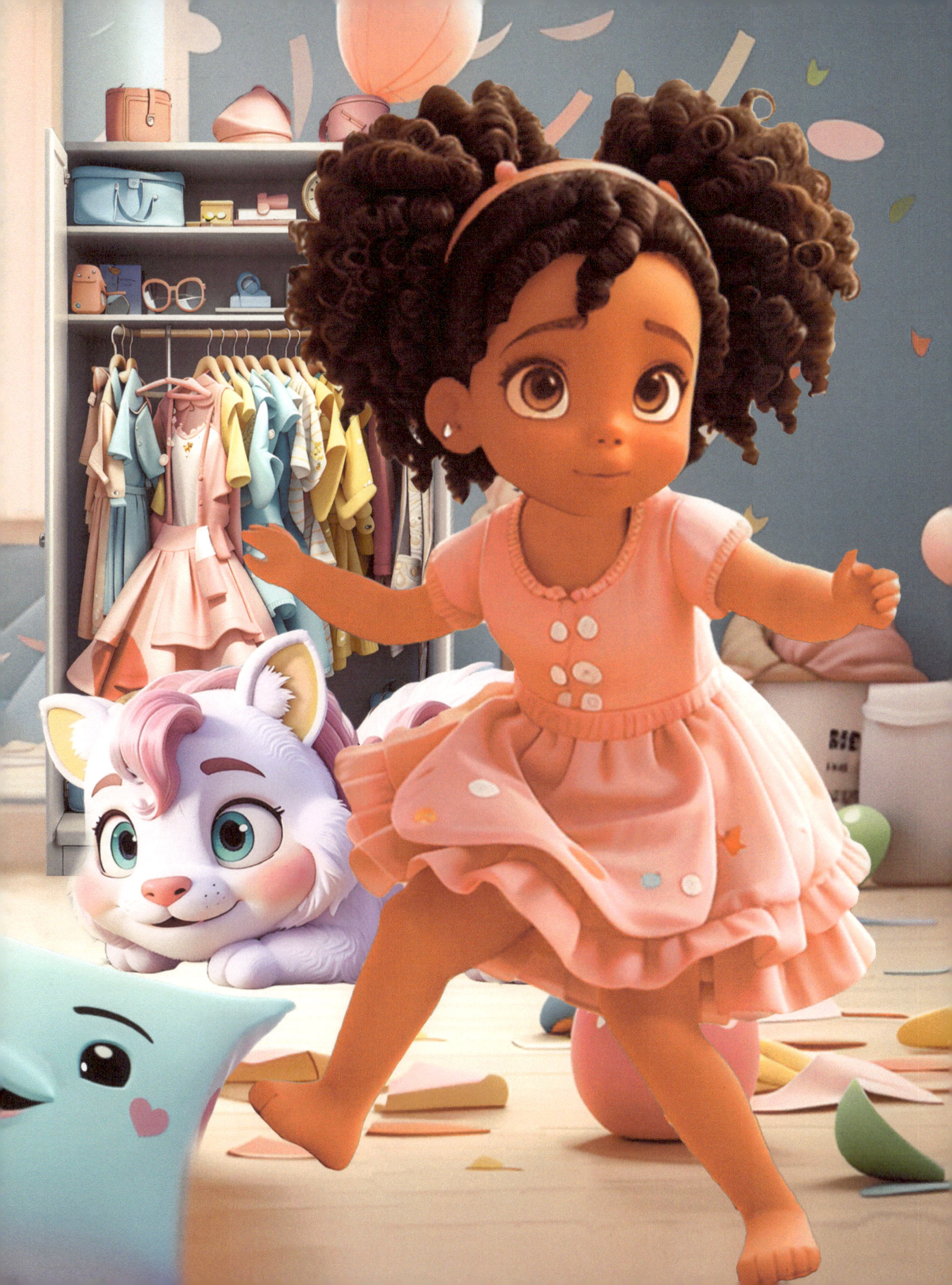

As River grows, crawls, and stands, she is sometimes fearful of falling. Whoobie is right there with her, cheering her on.

Can you find Whoobie?

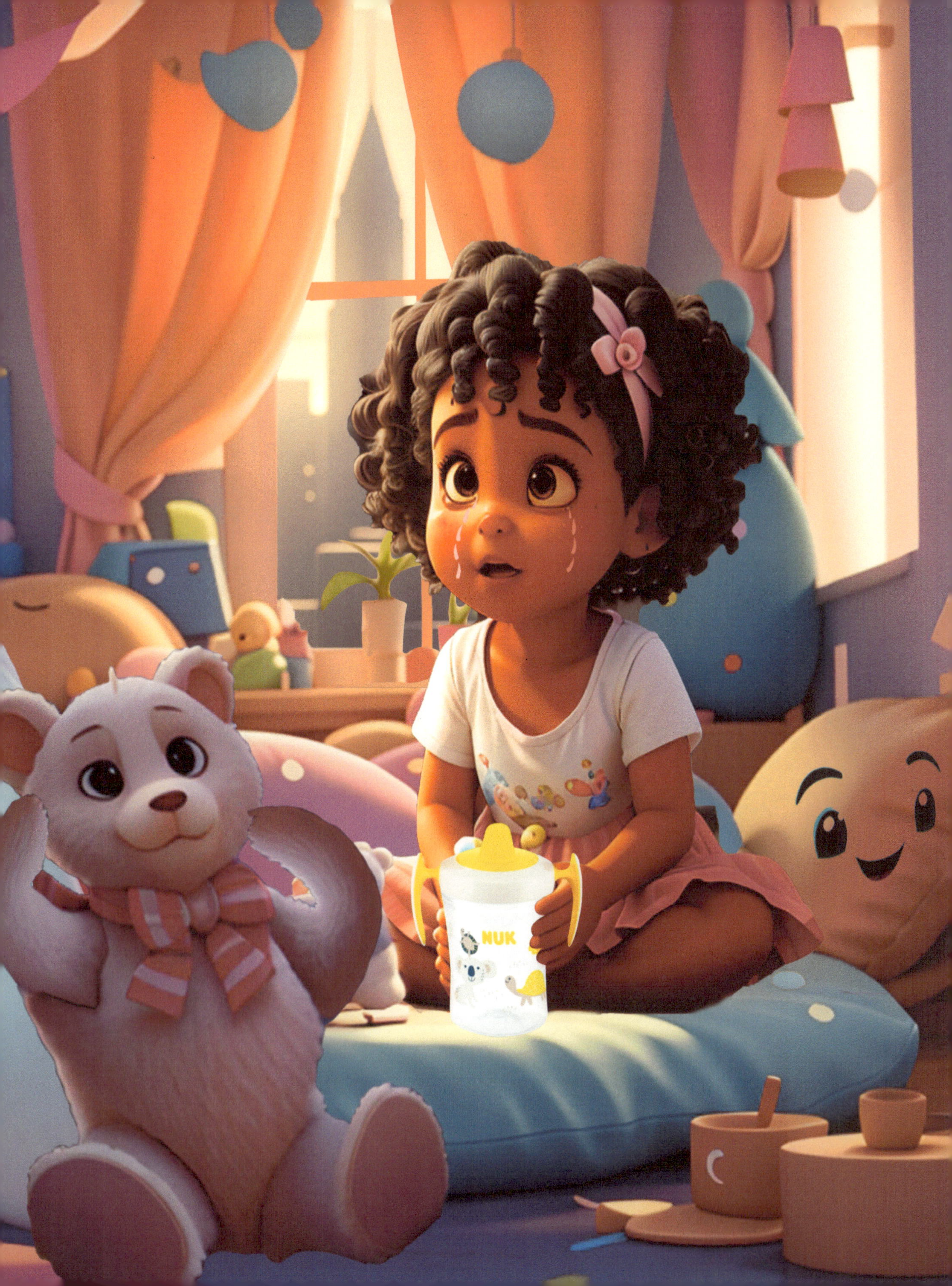
NUK

Anytime River cries or lies down to nap, her special friend, Whoobie, is with her.

Oh, my, can you see Whoobie?

Can you guess what Granny gave her?

Can you guess what Whoobie is?

When River was a little baby, Granny gave her something special. It was soft and fluffy and even smelled as sweet as a rose—just like her mommy.

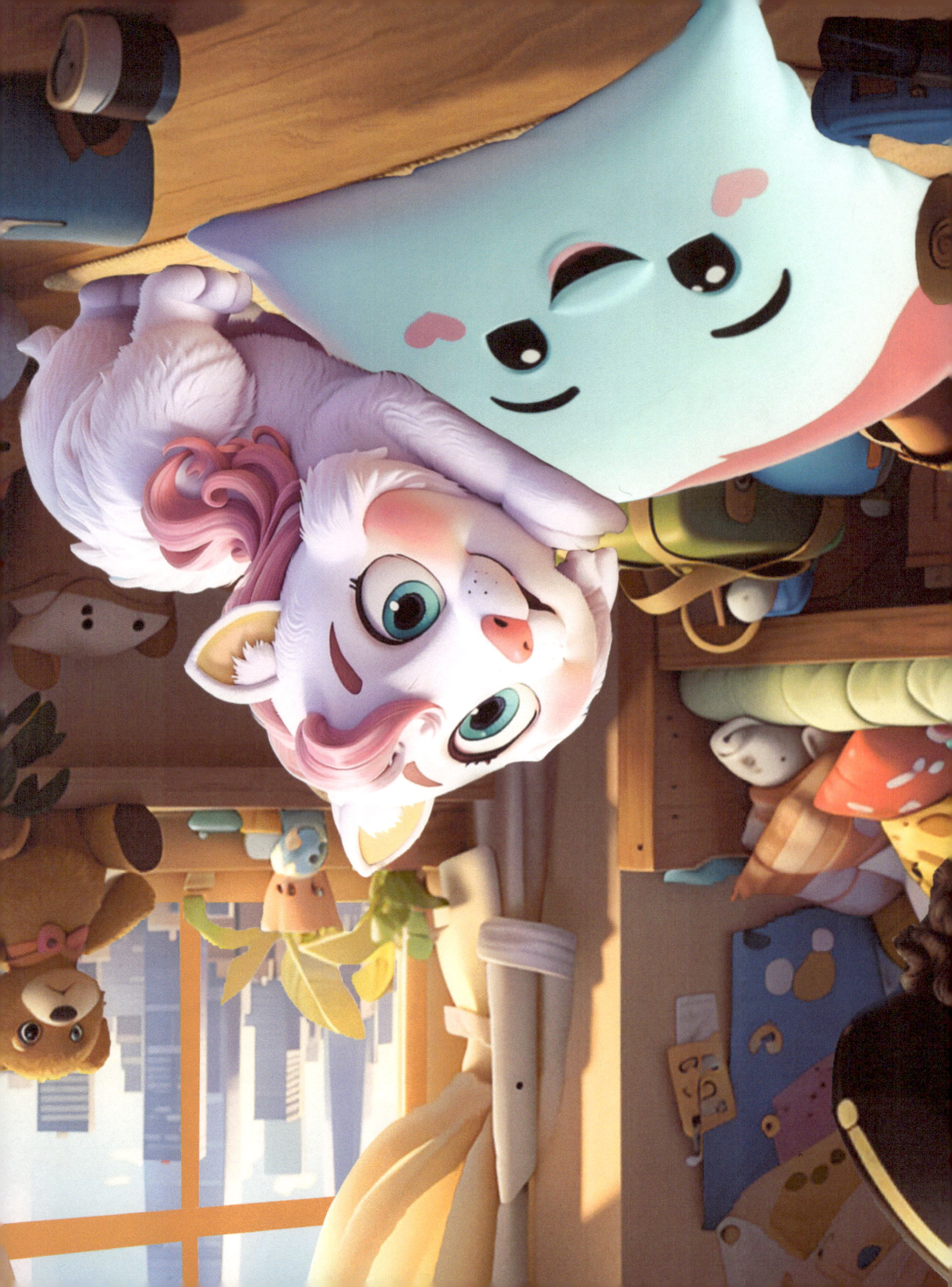

River has a very special friend named Whoobie, who is always with her every day, through her many adventures.

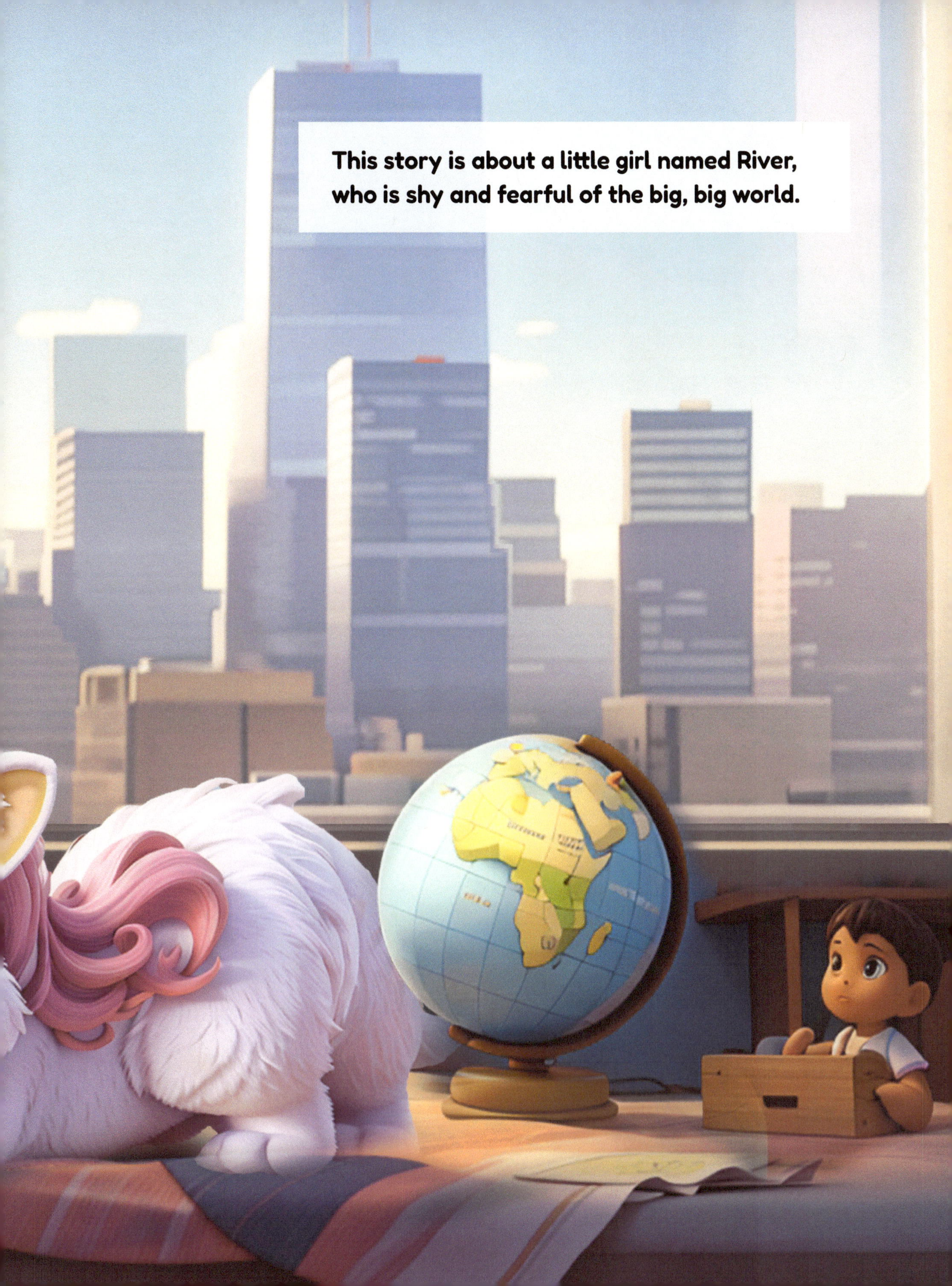

This story is about a little girl named River, who is shy and fearful of the big, big world.

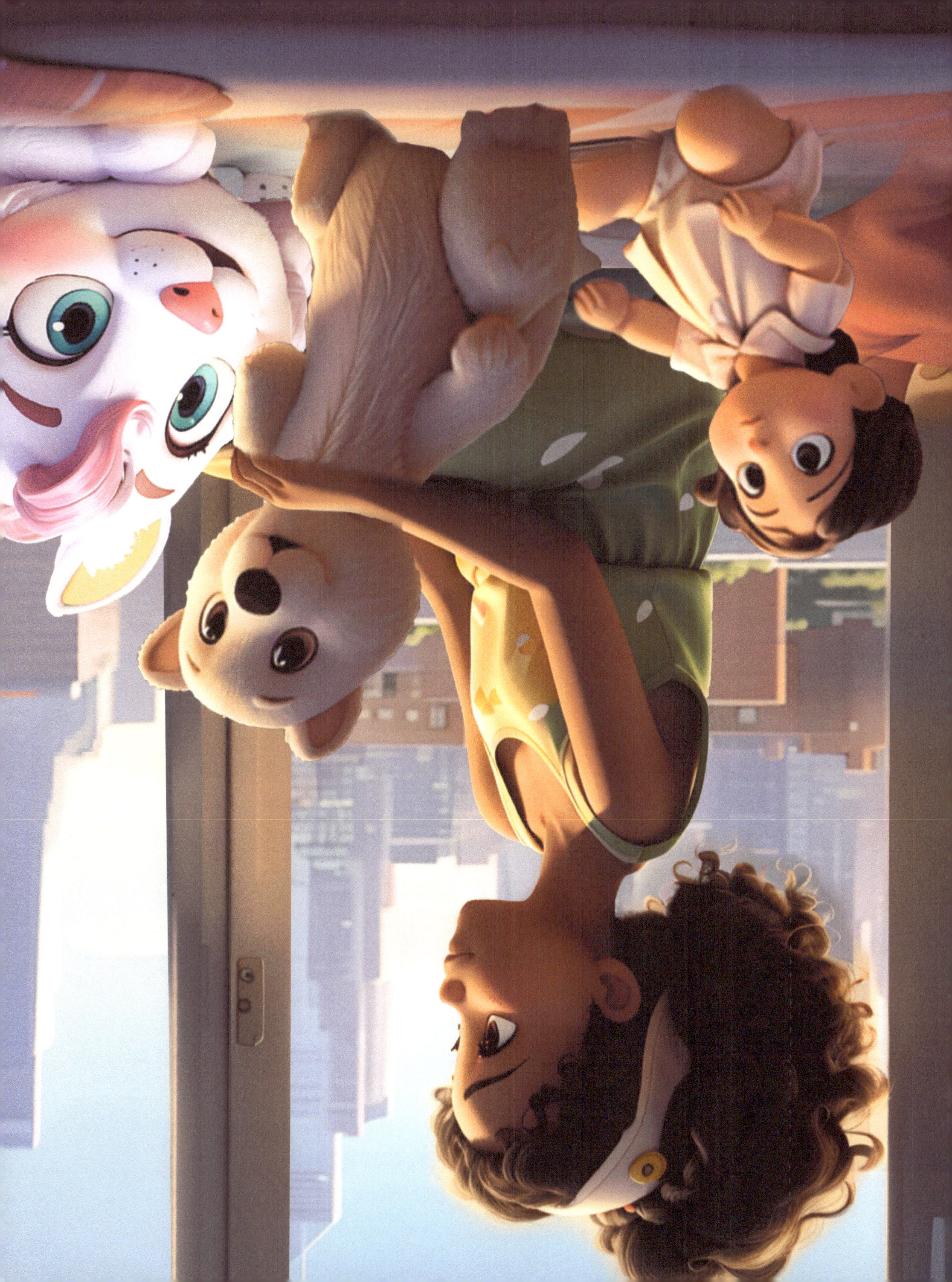

Acknowledgements

I would like to acknowledge my best friend and love of my life, my husband and soulmate Wardell Robinson, who has endured all my zany ideas. Also, my mini-me, my daughter, Dakotah Chayanne Robinson. You have inspired the idea and characters behind this book. You are an incredible woman whom I admire. Your strength is inspiring and unmatched; even when plagued with health problems and insecurities, you push through with zest!

To my son, Deldravin T. Robinson, who was my little big-hearted knight who first made me a mom and gave me unconditional love and support. You are a wonderful man and I am more proud of you daily. Your calmness has always calmed me.

To my dearest mother, Joyce Lucille Russell Williams, who taught me selflessness and showed me the Warrior in a Woman. Thank you. Even though you were a single mother, you gave me and my siblings everything we needed to be great: love.

I would like to remember my dearly departed grandparents, Reverend Jesse James Russell and Erma Avenue Hayes Russell. Without their guidance and life lessons, I would not be shaped into the person I am today.

A big thank you to my good friend and author Shirley Bown-Danzy, who inspired me to kick my little "donkey" in gear and get my book out into the world.

Last, but not least, thanks to my coach, Dr. Denise Nicholson, who gave me, along with many others, the necessary tools to get this book out of my head, onto paper and into the hands of many others. Hopefully, this book will help to inspire, encourage, and support young children all over the world with their insecurities.

You all are appreciated.

Dedication

This book is dedicated to my children and grandchildren: the lights of my life. Without them, I would not have made this journey to becoming an author of a children's book. Our family motto is a quote from the author T. Harv Eker: "How you do anything is how you do everything." I am reminded daily that imagination is most definitely the truest form of realism, and to have one without the other, in my opinion, is to have a mere daydream. I no longer just daydream because my family made me believe that I could do this and it became a reality.

Copyright © 2023 by Sharon Russell-Robinson

Published by Sharon Russell-Robinson in Partnership with Bold Publishing (https://denisenicholson.com/bold-publishing)

Book Design by Opeyemi Ikuborije

Illustrated by Kamelabegum@book_maker77

Publisher's Note:

Without limiting the rights under copyright reserved above, no part of this publication may be reproduced, stored in or introduced into a retrieval system, or transmitted, in any form, or by any means (electronic, mechanical, photocopying, recording, or otherwise), without the prior written permission of both the copyright owner and the publisher of the book.

Manufactured in the United States of America

ISBN: 979-8-9897666-0-4

Library of Congress Control Number: 2024901704

Follow Sharon Russell-Robinson

Social Media Outlets:

Facebook: Yolandaverse, LLC

Instagram: yolandaverse01

Email: yolandaverse@outlook.com

$25.00

ISBN 979-8-9897666-0-4

52500>

9 798989 766604

The Adventures of River and Her Whoobie

Sharon Russell-Robinson

Illustrated by Kamela Begum

Spanish Version Inside